아낌없이 주는 엄마,
당신을
사랑하는 이유는

midnight
심야
책방 bookstore

아낌없이 주는 엄마께

엄마에게게만 털어놓고 싶은 속마음, 들려주고 싶은 고백들……

그리고 엄마가 제게 얼마나 소중한 존재인지를

한번쯤 진실하게 고백하고 싶었습니다.

이 작은 책을 완성하는 동안 엄마 덕분에 제가 많은 사랑을 받으며

얼마나 행복하게 살아가고 있는지 깊이 깨달았습니다.

엄마와 함께했던 그리고 함께할 그 모든 순간을 사랑한다는 말로,

고마움을 전합니다.

존경과 사랑을 담아 _____ 올림

제가 태어났을 때 엄마는 _____ 살이셨죠.

엄마는 제가 생겼다는 걸 처음 아셨을 때,

이런 기분이셨을 것 같아요!

그리고 엄마는 저와의 첫 만남에 이런 말씀을 하셨을 거예요 :
(해당하는 보기에 체크해주세요.)

☐ 세상에나 너무 조그맣잖아!

☐ 눈, 코, 입 죄다 날 닮았네~

☐ 크면 인물이 훤해지겠지……?

☐ 천사가 따로 없네~

☐ _____

저의 출생에 관해 엄마가 곧잘 들려주신 이야기는요.

_____

_____

_____

_____

이럴 때, 엄마와 제가 너무 닮아서 깜짝 놀라기도 해요:

□ 자기 전, 물 한잔을 마시는 것

□ 긴장하면 손에 땀이 나는 것

□ 이 닦을 때 돌아다니는 것

□ 기분이 너무 좋으면 박수를 치는 것

□ _____

엄마에게 바치는 노래예요.

엄마와 함께한 저의 어린 시절을 기억하는 소리나 냄새가 있다면요 :

☐ 엄마의 화장대에서 났던 베이비파우더 냄새

☐ 여름방학이면 외할머니 댁에 가서 만들어 먹었던 ＿＿＿＿＿＿＿＿ 냄새

☐ 커피를 좋아하는 엄마가 매일 아침마다 원두를 갈던 그라인더 소리

☐ 우리 집 ＿＿＿＿＿＿ 을/를 훈육하던 엄한 듯 엄하지 않던 엄마의 목소리

☐ ＿＿＿＿＿＿＿＿＿＿＿＿＿＿＿＿

엄마와 함께 이걸 하면, 전 정말 즐겁고 행복해요 :

☐ 분위기 있는 노래 들으며 드라이브할 때

☐ 우리가 좋아하는 ＿＿＿＿＿＿ 와/과 ＿＿＿＿＿＿ 을/를 먹을 때

☐ 노래방에서 우리의 애창곡 ＿＿＿＿＿＿ 을/를 부를 때

☐ 우리가 좋아하는 배우 ＿＿＿＿＿ 이/가 나오는 드라마나 영화를 볼 때

☐ ＿＿＿＿＿＿＿＿＿＿＿＿＿＿＿＿

제가 엄마에게 가장 기대고 싶었을 때는요.

제가 엄마에게 가장 큰 고마움을 느꼈던 때는요.

제가 엄마에게 너무 미안해서 어쩔 줄 몰랐을 때는요.

키스해주는 어머니도 있고 꾸중하는 어머니도 있지만
사랑하기는 마찬가지이다.

펄 벅

엄마의 일상을 그려볼게요.

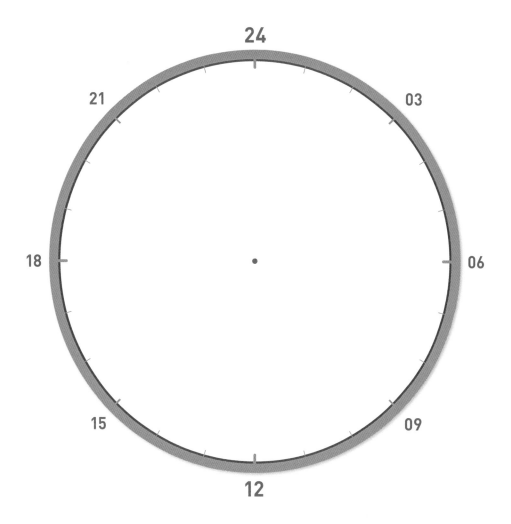

제가 생각하는 가장 큰 효도는요 :

☐ 주변 사람들과 잘 지낼 때

☐ 엄마가 좋아하는 ＿＿＿＿＿＿＿＿＿ 을/를 함께했을 때

☐ 내가 지혜로운 사람이라는 것을 증명했을 때

☐ 진정한 사회인이 되었을 때

☐ ＿＿＿＿＿＿＿＿＿＿＿＿＿＿＿＿＿＿＿＿＿＿

제가 생각하는 가장 큰 불효는요 :

☐ 내 건강을 챙기지 않을 때

☐ 내가 행복하지 않은 것

☐ 엄마와의 약속을 지키지 않았을 때

☐ 나 자신에게 ＿＿＿＿＿＿＿＿＿ 행동했을 때

☐ ＿＿＿＿＿＿＿＿＿＿＿＿＿＿＿＿＿＿＿＿＿＿

엄마에게 너무 자주 들어서 이제는 제가 먼저 꺼내기도 하는 말들은요:

☐ 괜찮아, 다 잘 될 거야

☐ 잘 좀 챙겨먹어

☐ 술 많이 먹지 말고, 눈 크게 뜨고 괜찮은 사람 있는지 찾아봐

☐ 사랑해

☐ 지금부터 셋까지 센다!

☐ 내가 그렇다면 그런 거야

☐ 너도 너랑 똑같은 자식을 낳아서 한번 길러봐야 해

☐ 눈을 감아봐, 그러면 네가 가진 것이 무엇인지 보일 거야

☐ 내 눈엔 너만 보여

☐ _____

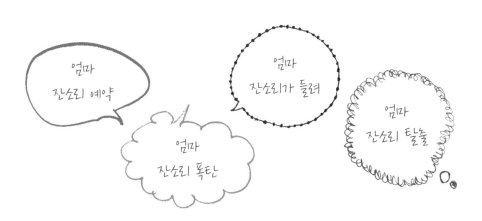

제 휴대폰에 엄마는 [   ]라고 저장되어 있습니다.

엄마가 저에게 자세히 알려주셔서 삶에 큰 도움이 되었던 것들은요 :

- ☐ 져주는 게 진짜 이기는 거다
- ☐ 나에게 오는 마음과 순간을 놓치지 말자
- ☐ 진짜 비밀은 댕댕이에게만 털어 놓아라
- ☐ 우리 모두는 별이고, 반짝일 권리가 있다
- ☐ _____

엄마에게 물려받은 것 중에 유독 마음에 드는 나만의 특징은요 :

- ☐ 한 번도 학교를 결석한 적 없는 성실함
- ☐ 어느 누구에게도 뒤지지 않는 체력
- ☐ 늘 타인을 먼저 배려하는 착한 마음씨
- ☐ 수려한 외모와 꿀 피부
- ☐ _____

엄마에게 이어받지 못해서 아쉬운 점들은요 :

- ☐ 무슨 일이든 해내고야 마는 추진력
- ☐ 너그럽고 수더분한 마음가짐
- ☐ 무엇이든 맛깔나게 만드는 요리 솜씨
- ☐ 크고 예쁜 눈과 도톰한 입술
- ☐ _____

봄이면 떠오르는 엄마와의 기억

여름이면 떠오르는 엄마와 함께한 여행

가을이면 떠오르는 엄마와의 추억

겨울이면 떠오르는 엄마에게 선물했던 이벤트

엄마는 제가 독립심을 키울 수 있도록 이끌어주셨습니다.

그때는 서운했지만, 이제는 엄마의 마음을 이해합니다.

저의 사춘기 시절에 엄마가 이렇게 이야기해주셔서 고마웠어요 :

☐ 무슨 고민이든 엄마에게는 솔직히 말해도 괜찮아

☐ 네 나이에는 뭐든지 낯선 게 당연한 거야

☐ 엄마는 언제나 네 편이야

☐ 네가 정말 자랑스러워

☐ _____

그리고 이런 행동을 하지 않아 주셔서 그 또한 감사했어요 :

☐ 친구들과 저를 비교하지 않으셔서

☐ 제게 무관심하지 않으셔서

☐ 제게 부담을 주지 않으셔서

☐ 제 이야기를 그냥 흘려듣지 않으셔서

☐ _____

내가 성공을 했다면
오직 천사와 같은 어머니의 덕이다.

에이브러햄 링컨

엄마와 제가 처음으로 함께 찍은 사진이에요.

| | 년 | 월 | 일 | 요일 | 날씨 |

엄마를 대표하는 이모티콘은요.

이모티콘을 그려보세요.

우리 엄마는 내 마음속에 이만큼을 차지하고 있습니다.

엄마께 꼭 읽어드리고 싶은 책의 구절이 있어요.

엄마를 가장 잘 나타내는 표현은요 :
(해당되는 단어 모두에 동그라미를 칩니다.)

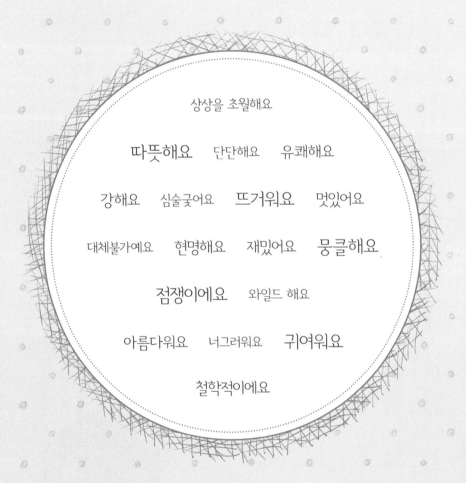

상상을 초월해요

따뜻해요   단단해요   유쾌해요

강해요   심술궂어요   뜨거워요   멋있어요

대체불가예요   현명해요   재밌어요   뭉클해요

점쟁이에요   와일드 해요

아름다워요   너그러워요   귀여워요

철학적이에요

저는 엄마가 이럴 때 걱정됩니다 :

□ 혼자 식사를 하실 때

□ 늦은 밤, 혼자 운전하시거나 대중교통을 이용하셔야 할 때

□ 감정 기복이 심하실 때

□ 밤에 깊이 잠들지 못하실 때

□ _____

제가 했던 이 부탁을 들어주셔서 감사해요.

_____

_____

_____

저의 이 부탁을 거절해주신 것 역시 감사해요.

_____

_____

_____

요즘 저의 가장 큰 고민은요 :

□ 이번 휴가에는 엄마와 어디로 여행을 갈까?

□ _____ 와/과 다툰 거 빨리 화해해야 하는데

□ 취업은 어떻게 하지?

□ 어떻게 하면 엄마를 즐겁게 할 수 있을까?

□ _____

□ _____

요즘 엄마의 가장 큰 고민을 생각해봤어요 :

☐ 오늘 저녁 뭐 먹지?

☐ 취미생활로 _____을/를 배워볼까?

☐ 우리 가족들 건강은 어떻게 챙기지?

☐ 우리 _____의 최대 고민이 뭘까?

☐ _____

☐ _____

제가 두 살이 되기 전까지 재잘대지 않아서 엄마는 몰랐겠지만,

이제 고백해요. 고마웠어요. 엄마! :

□ 밤새 저를 재워주셔서

□ 제가 울 때 품에 안아주셔서

□ 기저귀를 갈아주셔서

□ 얼굴에 묻히고 먹을 때 얼굴을 닦아주셔서

□ 제게 이 세상을 알게 해주셔서

□ 제게 자꾸 말을 걸어주셔서

□ 맛있는 이유식을 만들어주셔서

□ 늘 제게서 눈을 떼지 않아 주셔서

□ ....

엄마가 제 나이일 때, 어떤 직업을 꿈꾸셨을지 생각해봤어요 :

☐ 세계 방방곡곡을 다니는 여행 작가

☐ 화려한 스포트라이트를 받는 아름다운 배우

☐ 아프리카 오지의 아픈 사람들을 치료하는 의로운 의사

☐ 인류의 숨겨진 유적지를 발굴하는 고고학자

☐ _____

엄마는 _____ 처럼 아름답고 _____ 만큼 강인하며,

_____ 같이 용감하고 _____ 처럼 사랑스럽습니다.

그리고 무엇보다 특별한 것은,

당신이 나의 엄마라는 사실입니다.

{ 어머니란 스승이자 나를 키워준 사람이며
사회라는 거센 파도로 나가기에 앞서
그 모든 풍파를 막아주는 방패막이 같은 존재이다. }

스탕달

엄마가 해주는 요리 중에 제가 가장 좋아하는 것은요.

_____ _____

이담에 우리 아이한테도 해줄 거예요.

엄마만의 황금 레시피

1. _____

2. _____

3. _____

4. _____

5. _____

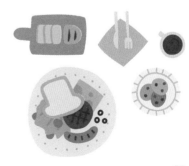

엄마가 저의 전부인 이유는요 :

☐ 어떤 이야기든 제 말에 귀 기울여 주시니까요

☐ 엄마는 저의 가장 소중한 베프니까요

☐ 제게 아낌없이 사랑을 주시니까요

☐ 저를 낳아주셨으니까요

☐ _____

엄마는 제게 이런 엄마가 되어주시려고 늘 노력하십니다.

정말 감사합니다, 엄마! :

☐ 어떤 고민도 유쾌하게 상담해주는 다정다감한 엄마

☐ 나쁜 버릇은 호되게 야단쳐 가르치는 호랑이 같은 엄마

☐ 내가 바라는 건 무엇이든 들어주고자 노력하는 요술 방망이 같은 엄마

☐ 내 이야기에 잘 공감해주는 감수성이 풍부한 엄마

☐ _____

엄마에게 제일 잘 어울리는 보석은요:

☐ 내면의 아름다움을 끌어올리는 진주   ☐ 사랑과 평화를 뜻하는 루비

☐ 무한한 자신감을 주는 다이아몬드   ☐ 행복과 행운을 뜻하는 에메랄드

☐ _____

그림을 색칠해 상자 속 보석을 완성해보세요!

어린 시절, 엄마 물건 중에 제일 탐났던 것은요 :

□ 엄마의 부들부들한 가죽가방

□ 엄마의 손때가 묻은 책

□ 특별한 날에만 신던 구두

□ ＿＿＿＿＿＿＿＿이/가 선물한 ＿＿＿＿＿＿＿＿

□ ＿＿＿＿＿＿＿＿＿＿＿＿＿＿＿＿＿＿＿＿＿＿＿＿

손에 쥐기만 하면 엄마가 떠오르는 물건은요 :

□ 엄마가 늘 바르던 립스틱

□ 엄마의 일기장

□ 엄마가 아끼던 액세서리

□ 엄마가 만들어준 ＿＿＿＿＿＿＿＿＿

□ ＿＿＿＿＿＿＿＿＿＿＿＿＿＿＿＿＿＿＿＿＿＿＿＿

엄마가 저에 대해 이해하지 못하는 것들이 있어요 :

☐ 약속 시간에 늘 늦는 나의 고질병

☐ 담배는 피면서 미세먼지는 건강에 해롭다며 걱정하는 내 모습

☐ 그 색이 그 색인데 자꾸 화장품을 사는 구매습관

☐ 몸이 아프다면서 운동은 하지 않는 나의 게으름

☐ _____

그럼에도 이런 점은 이해하려고 노력해주셔서 고마워요 :

☐ 식도락을 즐기는 나의 먹방

☐ 다이나믹한 운동을 즐기는 취미활동

☐ 모두를 사르르 녹이는 엄청난 애교

☐ 호불호가 명확한 성격

☐ _____

제가 좋아하는 엄마 냄새는요 :

☐ 갓 구운 빵에서 나는 듯한 고소한 냄새

☐ 열대과일에서 나는 듯한 달콤한 냄새

☐ 갓 건조시킨 옷에서 나는 듯한 보송한 냄새

☐ 엄마한테는 그냥 좋은 향기가 나요

☐ ────────────────────────────────────

엄마에게 차마 말하지 못했던 엄마의 단점이 있어요.

이 자리를 빌려 조심스레 말씀드려도 이해해주실 거죠?:

▢ 엄마는 뭐든 꼬치꼬치 캐물어서 좀 피곤할 때가 있어요

▢ 좋은 재료로 만들어주시는 건 아는데 엄마 요리 솜씨는 영 아니에요

▢ 감정 표현을 잘 하지 않으셔서 엄마가 평소 어떤 기분인지 잘 모르겠을 때가

　있어요

▢ 제 얘기는 끝까지 들어보지도 않고 버럭 하셔서 상처받아요

▢ ⎯⎯⎯⎯⎯⎯⎯⎯⎯⎯⎯⎯⎯⎯⎯⎯⎯⎯⎯⎯⎯⎯

엄마의 통화 첫마디를 들으면 저도 모르게 웃음이 나요 :

□ (콧소리 물씬~) 여보세요

□ 오냐

□ 왜

□ 응~ 우리 _____

□ _____

엄마는 전화통화를 마칠 때마다 이 말로 마지막 인사를 합니다.

그걸 듣고 나면 왠지 기분이 좋아져요 :

□ 사랑해 우리 _____

□ 조심히 와

□ 뽕!

□ 오늘은 저녁 같이 먹자~ 빨리 와

□ _____

엄마가 즐겨 쓰는 유행어가 있어요. 우리 엄마, 너무 귀여워요 :

☐ 뭣이 중헌디

☐ 이거 실화냐?!

☐ 내 마음속에 저장~

☐ 아주 칭찬해

☐ _____

온갖 실패와 불행을 겪으면서도
인생의 신뢰를 잃지 않는 낙천가는
대개 훌륭한 어머니의 품에서 자라 난 사람들이다.

앙드레 모루아

제가 엄마의 엄마였다면 해주고 싶은 말이나 행동이 있어요 :

□ 매일매일 머리 예쁘게 땋아주기

□ 우울해 보일 땐 "＿＿＿＿＿＿＿"라고 말해주기

□ 잠자기 전, 늘 이마에 뽀뽀해주기

□ 잘못했을 땐 따끔하게 "＿＿＿＿＿＿＿"라고 말해주기

□ ＿＿＿＿＿＿＿＿＿＿＿＿＿＿＿＿＿＿＿＿＿＿

엄마가 눈살을 찌푸리는 제 복장은 아마도요 :

□ 스타킹을 신은 것 같이 딱 붙는 스키니진

□ 머리부터 발끝까지 칙칙한 검정색 복장

□ 일주일 내내 똑같은 차림

□ 흙투성이인 신발

□ ＿＿＿＿＿＿＿＿＿＿＿＿＿＿＿＿＿＿＿＿＿＿

제가 결혼할 사람으로 이런 사람을 데려온다면,

엄마는 과연 찬성하실까요, 반대하실까요? :

	YES	NO
맡은 일은 최선을 다하는 사람	○	○
나이차가 10살 이상 나는 사람	○	○
인기가 많은 유명 배우	○	○
마음만 풍요로운 사람	○	○
살아온 문화가 다른 외국인	○	○
어른을 공경할 줄 아는 사람	○	○
온실 속 화초처럼 자란 사람	○	○
....	○	○
....	○	○

이 말을 엄마에게 들을 때마다 천 원씩 받았다면,

전 부자가 됐을 거예요:

□ 휴대폰은 챙겼니?

□ 엄마 말 들으면 자다가도 떡이 생기지

□ ＿＿＿＿＿＿＿ 조심해라

□ 늘 멋지게 하고 다녀!

□ 일찍일찍이 다니자

□ 돈 좀 아껴써

□ 열심히 ＿＿＿＿＿

□ 잘 좀 챙겨먹어

□ ＿＿＿＿＿＿＿＿＿＿＿＿

엄마에게 제일 잘 어울리는 모습은요.

헤어스타일은 :
_____

_____

표정은 :
_____

_____

_____

포즈 :
_____

_____

옷차림은 :
_____

_____

_____

_____

어려서부터 지금까지 엄마가 제게 베풀어준 것은 셀 수 없이 많습니다.

그 가운데 가장 감사한 것은요 :

☐ 직접 만들어주시는 갖가지 먹거리 덕분에 알레르기가 완치됐어요

☐ 아침잠이 많은 제가 지각도 하지 않고 학교를 개근할 수 있었던 건 다 엄마

　　덕분이에요

☐ 엄한 예절교육으로 지금의 전 예의바른 청년이 되었어요

☐ 제 고민을 귀 기울여 들어주셔서 제가 삐뚤어지지 않을 수 있었어요

☐ _____

엄마의 일년운세를 제가 점쳐봐 드릴게요.

상상하는 것만큼 멋진 케이크를 구울 수 있다면, 엄마를 위해 이런

케이크를 만들고 싶어요.

(아래 그림을 색칠해 엄마를 위한 그림을 완성해보세요!)

제가 말하지 않았는데도 엄마가 문득 제 일상의 변화를 알아챈 적이
있습니다 :

☐ 절친과 싸워 마음이 심란했을 때

☐ 학교 성적표를 숨기고 있었을 때

☐ 처음 생긴 이성친구를 몰래 만나고 있었을 때

☐ 야간 자율학습에 빠지고 만화방에서 시간을 보내고 있었을 때

☐ _____

제가 엄마랑 있을 때만 하는 일들은요 :

☐ 왁자지껄하게 _____

☐ 눈치 보지 않고 _____

☐ 마음 편히 _____

☐ 신나게 _____

☐ _____

이 지구상에서 엄마만 아는 제 습관은요 :

☐ 긴장하면 _____

☐ _____ 것은 거짓말을 할 때!

☐ _____ 잠버릇

☐ 이성에게 잘 보이고 싶을 때면 _____

☐ _____

이 지구상에서 나만 아는 엄마 습관은요 :

☐ 긴장하면 _____

☐ _____ 것은 마음을 애써 숨기고 있는 것!

☐ _____ 잠버릇

☐ 불만이 있을 때면 _____

☐ _____

집은 어머니의 몸을 대신하는 것이다.
어머니의 몸이야말로 언제까지나 사람들이 동경하는 최초의 집이다.
그 속에서 인간은 안전했으며 또 몹시 쾌적하기도 했다.

지그문트 프로이트

제 친구들이 이야기하는 엄마는요 :

□ 너희 엄마 음식 솜씨는 세계 최고, 우주 최고!

□ 정말 우아하셔~

□ 네 말은 뭐든 들어주시니 진짜 좋겠다

□ 헐, 너무 무서우셔……

□ ....

엄마와의 추억 중 가장 유쾌하고 재밌었던 것은요.

....

....

....

엄마가 좋아하는 내 별명은요 :

우리 딸,

우리 아들,

제가 좋아하는 엄마 별명은요 :

우리 엄마,

엄마와 함께 이곳을 여행하고 싶어요.

엄마도 분명 마음에 들어 할 거라 생각해요.

엄마와 제가 공통으로 좋아하는 것이 있어서 참 다행입니다 :

☐ 달고 시원한 음식

☐ 숲에서 나는 듯한 상쾌한 냄새

☐ 달콤한 로맨스 영화

☐ 스릴 넘치는 추리 소설

☐ _____

그리고 우리 둘 다 좋아하지 않는 것들도 있지요 :

☐ 뜨겁고 매운 음식

☐ 짭조름한 바다 냄새

☐ 무섭고 잔인한 영화

☐ 슬픈 연애 소설

☐ _____

엄마와 제가 좋아하는 책과 구절은요.

《   》

그리고 우리 둘 다 좋아하는 영화와 대사는요.

〈   〉

이럴 때 보면, 우리는 참 잘 통한다고 생각합니다 :

☐ 음식 간을 볼 때

☐ 서로 고민 상담을 해줄 때

☐ 쇼핑할 때

☐ 함께 볼 영화를 고를 때

☐ _____

요정이 나타나 세 가지 소원을 들어주겠다고 한다면, 저는 엄마를 위해
다음의 소원을 빌 거예요:

☐ 엄마가 갖고 싶어 하는 ＿＿＿＿＿＿＿＿＿ 을/를 선물해주세요

☐ 엄마가 ＿＿＿＿＿＿＿＿＿ 에 성공하게 해주세요

☐ 엄마가 ＿＿＿＿＿＿＿＿＿ 을/를 잘하게 해주세요

☐ 엄마의 ＿＿＿＿＿＿＿＿＿ 을/를 없애주세요

☐ ＿＿＿＿＿＿＿＿＿＿＿＿＿＿＿＿＿＿＿＿＿＿＿

그때 엄마의 눈물을 처음으로 보았습니다. 그리고 결심했어요.
늘 엄마 곁에서 힘이 되어 드리기로요:

☐ 제가 많이 아파 병원에 입원했을 때

☐ 외할아버지(혹은 외할머니)께서 돌아가셨을 때

☐ 엄마의 무조건적인 희생에도 제가 철없이 행동했을 때

☐ ＿＿＿＿＿＿＿＿＿ 때문에 엄마가 힘겨워하셨을 때

☐ ＿＿＿＿＿＿＿＿＿＿＿＿＿＿＿＿＿＿＿＿＿＿＿

모든 위대한 인간의 뒤에는
반드시 훌륭한 어머니가 있다.

게오르크 빌헬름 프리드리히 헤겔

엄마로부터 배운 인생 교훈 1~5위는 다음과 같습니다.

1위

2위

3위

4위

5위

엄마는 제가 _____ 을/를 덜 하기를 바라고,

_____ 은/는 더 많이 하기를 바랍니다.

앞으로 더욱 노력하겠습니다. 약속할게요!

엄마를 생각하면 늘 이런 기분이 듭니다 :

☐ 마음이 따뜻해져요

☐ 마냥 어리광을 부리고 싶어요

☐ 바짝 긴장이 돼요

☐ 눈물이 핑 돌아요

☐ _____

내 마음속의 모든 것을 엄마에게 이야기할 수 있어서 참 다행입니다.

꺼내기 불편한 이야기도 엄마는 다 들어주시니까요. 그중 하나는요 :

☐ 학교 성적 때문에 고민이에요

☐ _____ 와/과 사이가 나빠 걱정이에요

☐ 좋아하는 친구가 나에게 관심이 없는 것 같아요

☐ _____ 이/가 귀찮아 걱정이에요

☐ _____

이제야 엄마에 대해 이해하는 것들이 있어요:

☐ 돌아가신 외할아버지(혹은 외할머니)가 생각날 때면 하늘을 바라보셨던 일

☐ 워킹맘이었던 엄마가 등만 대면 바로 잠드셨던 일

☐ 제가 말을 안 들을 때면 입술을 깨무셨던 일

☐ 나이 먹을수록 사는 게 힘들다고 혼잣말하셨던 일

☐ _____

엄마가 제게 전해준 행복에 관한 철학은요 :

☐ 노력 없이 얻는 소중한 것들을 너무 가볍게 여기면 안 돼

☐ 서두르지 않아도 괜찮아

☐ 가끔은 좋아하는 것에 흠뻑 빠져봐

☐ 다른 사람의 말에 너무 흔들리지 마

☐ _____

외할머니와 외할아버지께서 엄마에 대해 해준 이야기가 있어요.

_____

_____

_____

_____

유난히 엄마가 그리울 때가 있어요 :

□ 혼자 끼니를 때워야 할 때

□ 혼자 있는데 몸이 몹시 아플 때

□ 엄마가 좋아하는 케이크를 혼자 먹을 때

□ 힘든 시험을 치르고 나왔을 때

□ _____

그리고 엄마가 저를 그리워한다고 생각될 때는요 :

□ 어느 순간 내가 무뚝뚝한 자식이 되어 있을 때

□ 엄마 혼자 식사해야 할 때

□ 엄마와 유난히 자주 연락할 때

□ 우리가 함께하던 _____ 을/를 엄마 혼자 해야 할 때

□ _____

엄마에게 '이런 모습이 있었나?' 하고 깜짝 놀랐던 적이 있어요.

누군가 엄마에 대해 물으면 이렇게 대답할래요.

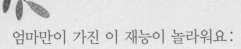

엄마만이 가진 이 재능이 놀라워요 :

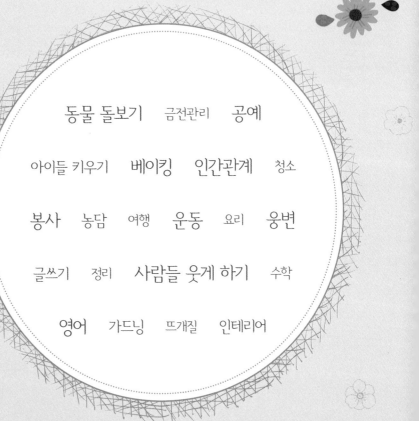

동물 돌보기　금전관리　공예

아이들 키우기　베이킹　인간관계　청소

봉사　농담　여행　운동　요리　웅변

글쓰기　정리　사람들 웃게 하기　수학

영어　가드닝　뜨개질　인테리어

저를 위해 엄마가 강력하게 추천했던 것이 하나 있습니다.

덕분에 저는 더 성장할 수 있었어요 :

☐ 봉사활동을 꾸준히 해보렴

☐ 건강을 위해 운동은 꼭 해야 해

☐ 여행을 다니다 보면 시야가 더 넓어질 거야

☐ 네가 좋아하는 _____ 을/를 취미로 배워보는 건 어때?

☐ _____

엄마는 잘 모르지만 제가 꾸준히 하는 일이 있는데, 들어 보실래요? :

☐ 한바탕 _____ 을/를 하고 나면 스트레스가 확 풀려요

☐ _____ 을/를 하면서 성격이 바뀌었어요

☐ 새벽에 _____ 을/를 하고 오면 정신이 맑아져요

☐ 엄마를 위해 _____

☐ _____

이른 새벽,

오늘도 어김없이 엄마는 등교해야 하는 저보다 일찍 일어나

뜨끈한 된장국에 갓 지은 밥 그리고

제가 좋아하는 반찬 몇 가지를 만들어주셨습니다.

그런 엄마에게 전 또 한껏 짜증만 부리며 집을 나섰네요.

엄마!

너무나 미안하고 고마운, 사랑하는 우리 엄마!

지금처럼 늘 제 곁에 있어 주세요.

제가 더 잘할게요~

사랑해요!

엄마와 장을 보러갈 때 좋은 점은요 :

☐ 그동안 먹고 싶었던 음식을 모두 장바구니에 담을 수 있어 좋아요

☐ 오랜만에 다정한 시간을 보낼 수 있어 즐거워요

☐ 무거운 짐을 들어드리며 효도할 수 있어 좋아요

☐ 과일이나 채소를 고를 때, 엄마만의 팁을 들을 수 있어 재밌어요

☐ _____

학창 시절, 제가 엄마 몰래 제 방에 숨겨두었던 것들이 있어요 :

☐ 작은 길고양이

☐ 아르바이트를 하면서 조금씩 모은 비상금

☐ 연애 편지

☐ 좋아하는 군것질이었던 _____

☐ _____

엄마와 함께 떠나고 싶은 곳의 사진들을 모아봤어요.

생각만으로도 너무나 신나요!

사진을 붙여보세요.

사진을 붙여보세요.

생각해보면 엄마의 삶에 용기와 응원을 주었던 좌우명이나 명언은
이런 것이 아니었나 싶어요 :

□ 회복할 수 있는 유일한 길은 다시 시작하는 것이다

□ 정 안 되면 그만하면 된다

□ 혼자 있는 시간을 소중히 여기자

□ 최선을 다했다면 그것으로 된 것이다

□ _____

제가 엄마에게 했던 행동 중 끝까지 후회로 남을 일들이 있어요 :

□ 엄마도 하루를 보내고 피곤하실 텐데, 집안일을 도와드리지 않은 일

□ 날 이해해주지 않는다고 마구 소리 지른 일

□ 사랑한다는 말을 자주 하지 않은 일

□ 엄마와 하기로 했던 _____ 을/를 지키지 않은 일

□ _____

메시지를 보낼 때 엄마만의 특별한 말투는 이거예요.

엄마의 버킷리스트는 무엇일지 생각해봤어요 :

□ ＿＿＿＿＿＿＿＿ 배우기

□ 매년 ＿＿＿＿＿＿＿＿ 하기

□ 혼자 ＿＿＿＿＿＿＿＿ 해보기

□ 가족들과 ＿＿＿＿＿＿＿＿ 하기

□ ＿＿＿＿＿＿＿＿＿＿＿＿＿＿＿＿＿＿

나를 키워낸 엄마의 손을 떠올려 봤어요

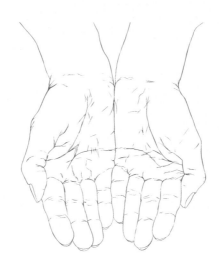

제가 가장 좋아하는 엄마 사진은요.

그리고 제가 제일 좋아하는 '우리 둘만의 사진'은요.

엄마 이름에는 글자마다 소중한 의미가 담겨 있습니다.

각각의 글자로 삼행시를 지어볼게요.

엄마를 위해 제가 준비한 감사쿠폰이에요.

(밑줄을 직접 채워보세요.)

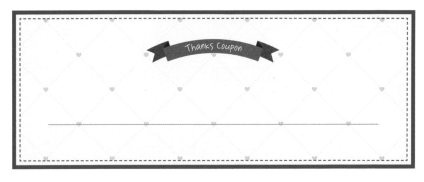

제가 아플 때, 이렇게 돌봐주셔서 감사해요 :

☐ 제가 약을 안 먹을까봐 옆에서 지켜보셨죠

☐ 밤새 옆에서 토닥여주셨죠

☐ 아침마다 매일 다른 종류의 죽을 끓여주셨죠

☐ 매일 보송한 이불로 잠자리를 챙겨주셨죠

☐ _____

어머니는 맑은 샘물과 같고
최고급 사탕수수나 꿀, 쌀과 같은 존재이다.

틱낫한

이다음에 제가 결혼하게 된다면 엄마의 이런 점을 닮은 배우자가 되고 싶어요.

그리고 아이를 낳는다면 엄마의 이런 점을 닮은 부모가 될 거예요.

엄마! 제가 이런 사람으로 클 수 있도록 길러주셔서 감사해요 :

모험심 있는   건강을 잘 챙기는   야망 있는

독립적인   적극적인   탐구심이 많은   용감한

친절한   신중한   배려 깊은

음악을 사랑하는   자연을 사랑하는   독창적인

긍정적인   꾸준히 성장하는   호기심 많은

신앙심 깊은   윤리적인   신의 있는   멋스러운

매너가 좋은   가족을 아끼는

소박한   열심히 일하는

제가 첫 월급을 받으면 엄마께 해드리고 싶은 것이 있어요 :

☐ 이보다 좋은 선물은 없다! 플라워박스에 용돈을 고이 담아!

☐ 엄마의 노화를 막아줄 탄력 크림

☐ 최고급 등산복과 등산화

☐ 냄새에 민감한 우리 엄마를 위한 향수

☐ _____

어릴 적 기억 속에 엄마가 자주 입었던 옷은요 :

☐ 겨울이면 추위 때문에 늘 입고 계셨던 조끼

☐ 출근할 때 자주 입으셨던 스커트

☐ 엄마와 제가 커플로 입었던 티셔츠

☐ _____ 이/가 엄마 생일 때 선물한 _____

☐ _____

저는 엄마에 대해 얼마나 많이 알고 있을까요?

1. 태어나신 날은?

2. 엄마 이름을 한자로 쓴다면?

3. 엄마 이름을 영어로 쓴다면?

4. 엄마의 어릴 적 꿈은?

5. 어릴 적 엄마의 별명은?

6. 노래방 18번은?

7. 가장 좋아하는 TV 프로그램은?

8. 못 드시는 음식은?

9. 제일 친한 친구 분의 이름은?

10. 엄마가 가장 사랑하는 사람은?

11. 별자리는?

12. 잠버릇은?

13. 보물 1호는?

14. 메일 주소는?

15. 옷 사이즈는?

16. 발 사이즈는?

17. 제일 좋아하는 간식거리는?

18. 며느리 혹은 사위 삼고 싶어 하는 연예인은?

19. 좋아하는 브랜드는?

20. 특이한 버릇이 있다면?

사랑을 가득 담아 엄마만을 위한 요리를 준비했어요!

재료 : 사랑 두 스푼, 존경 한 스푼, 그리움 한 스푼, 애교 반 스푼, 공경 한 스푼

요리법 : 냄비에 사랑 두 스푼을 넣고 천천히 저어준다.

사랑이 크게 끓으면 존경 한 스푼과 공경 한 스푼을 넣고 재빨리 섞어준다.

간이 싱거우면 애교 한 스푼을 넣는다.

※ 주의 : 이 요리를 먹고 나면 엄마가 자꾸 해달라고 할 수도 있음!

엄마에게 잘 어울리는 색을 골라봤어요:

회색　분홍색　녹색

하늘색　고동색　오렌지색　초록색

청록색　무지개색　흰색　빨간색　보라색

베이지색　연보라색　황갈색　노란색　민트색

갈색　연두색　코발트색　자주색　금색

은색　남색　검정색　파란색

엄마가 저에 대해 쉽게 받아들일 수 없는 경우는 아마도 :

☐ 학교를 다니지 않겠다고 할 때

☐ 이른 나이에 독립을 하겠다고 할 때

☐ 결혼 후 아이를 낳지 않겠다고 할 때

☐ 이민을 가겠다고 할 때

☐ _____

엄마를 따라하려고 제가 시도하는 일들은요 :

☐ 맡은 일은 반드시 성공시키기

☐ 시들어가는 식물 살리기

☐ 어떤 일이든 긍정적으로 바라보기

☐ 세상에서 제일 맛있는 _____ 만들기

☐ _____

제가 생각하는 엄마의 매력 포인트는요 :

☐ 고장 난 것은 무엇이든 뚝딱 고치는 능력

☐ 그 누구도 막을 수 없는 막무가내 성격

☐ 까다로운 우리 가족 입맛을 책임지는 요리 솜씨

☐ 우리 동네를 휘어잡는 패션 감각

☐ ....

엄마에게 했던 거짓말을 이 자리를 빌려 고백할게요 :

☐ 문제집 산다고 받은 용돈, 실은요……

☐ 학창 시절, 엄마 몰래 이성친구를 사귀었어요

☐ 이번 시험 성적, 사실은……

☐ 엄마가 아끼던 _____, 실은 제가 잃어버린 거예요

☐ ....

어머니는 신을 대신한 이름이다.

윌리엄 새커리

눈을 감고 엄마를 떠올리면, 제 눈앞에는 이런 모습들이 어른거려요 :

☐ 내가 제일 좋아하는 찌개를 끓이고 있는 엄마의 모습

☐ 하루의 즐거움인 드라마를 집중해 보고 있는 엄마의 얼굴

☐ 지저분한 내 방을 치우며 붉으락푸르락 달아오르는 엄마의 얼굴

☐ 세상에서 제일 맛있는 빵을 먹으며 행복해하는 소녀 같은 엄마의 모습

☐ _____

태어나서 처음으로 엄마께 크게 꾸지람을 들었던 그날, 기억나세요?

그때 엄마가 많이 미웠는데 이제는 그때의 엄마 마음을 이해해요.

엄마! 다시 한 번 죄송해요!

엄마가 지쳐 보일 때, 제가 하는 말은요 :

☐ 힘내세요~ 제가 있잖아요!

☐ 누가 뭐래도 우리 엄마가 최고~

☐ 사랑해요 아주 많이!

☐ 제가 더 잘할게요!

☐ _____

노후 건강을 위해 꼭 권해드리고픈 취미활동이 있어요 :

☐ 요가

☐ 독서

☐ 악기 배우기

☐ 자전거 타기

☐ 명상

☐ _____

엄마가 아침에 저를 깨우면서 하는 이야기는요 :

☐ 너 그럼 또 지각이야

☐ 찬물 끼얹기 전에 일어나라

☐ 내 새끼, 해가 중천이에요

☐ 네가 좋아하는 반찬 만들어놨다

☐ _____

엄마가 잠들기 전에 제게 하는 굿나잇 인사는요 :

☐ 오늘도 수고 많았다, 푹 자

☐ 우리 _____, 꿈에서 보자

☐ 잘 자, 내 새끼

☐ 휴대폰 그만 봐라

☐ _____

엄마가 제게 얼마나 소중하냐면요.

엄마!

우리 이것만은 약속해요.

이 책에 담긴 이야기는

엄마와 제 사이에 있었던 추억들의 아주 작은 일부분일 뿐입니다.

우리 사이에는 더 많은 이야기가 있고 앞으로도 더욱 행복한 일들이 펼쳐질 거예요.

마지막으로 엄마께 꼭 전하고 싶은 소중한 한마디를 남기며

이 글을 마치고자 합니다.

글 **열하** 대학에서 공부하고 출판기획자와 편집자로 오랫동안 일하고 있다. 책을 만들면서 여러 나라를 여행했고, 많은 사람과 시간을 함께하며 삶의 다양한 풍경을 마음에 담았다. 돌아와 멈출 수 없는 사랑에 관한 따뜻한 이야기를 전하는 데 힘을 쏟고 있다. 지은 책으로 《사랑하니까 사람이다》《내가 엄마 아빠를 사랑하는 이유는》이 있다.

아낌없이 주는 엄마, 당신을 사랑하는 이유는

1판 1쇄 발행 2019년 4월 15일

지은이 열하
발행인 오영진 김진갑   **발행처** (주)심야책방
디자인 씨오디   **마케팅** 박시현 신하은 박준서   **경영지원** 이혜선

출판등록 2013년 1월 25일 제2013-000028호
주소 서울시 마포구 월드컵북로5가길 12 서교빌딩 2층
전화 02-332-3310 **팩스** 02-332-7741
블로그 blog.naver.com/midnightbookstore
페이스북 www.facebook.com/tornadobook

ISBN 979-11-5873-134-2   13810

이 도서의 국립중앙도서관 출판예정도서목록(CIP)은 서지정보유통지원시스템 홈페이지(http://seoji.nl.go.kr)와 국가자료공동목록시스템(http://www.nl.go.kr/kolisnet)에서 이용하실 수 있습니다.
(CIP제어번호 : CIP2019002857)